삶을 말하다
(명언집)

예당 지 영 호 편저

㈜이화문화출판사

삶을 말하다

(명언집)

머리말

　"삶을 말하다" 명언집은 경사자집에서 발췌한 명언만을 추려서 한글과 한문 그리고 한글 해석을 통하여 알기 쉽게 이해하고 음미하고자 하는 목적을 두었습니다.

　사서삼경은 유가의 경전으로 학문을 배워서 이해와 해석은 어렵지만 선택한 명언을 통하여 우주 만물의 철학을 이해하고 사물의 이치를 깨달아 견문과 지식을 넓히며 특히 시인이나 서예를 하시는 모든 예술인에게 좋은 명제 자료가 되었으면 합니다.

　명언을 통하여 생각이 바뀌고 풍요로운 삶의 질과 새로운 철학과 지혜의 샘물이 되기를 소원하며 부족한 부분은 더욱 노력하도록 지도 편달 바랍니다.

2025년　월　일

예당 **지 영 호**

2언·3언

樂善 낙선

선을 즐긴다.

葆光 보광

밖으로 눈부시게 내비치지 않고 안에서
휘황하게 빛나는 것.

觀復 관복

만물이 움직이고 있는 것이 근본인
무로 돌아가는 작용임을 인식하다.

時中 시중

때에 알맞게.

愼獨 신독

나만이 알고 있는 곳에서 삼가야 한다.

天爵 천작

하늘에서 내린 작위.

祿命 녹명

사람이 원래 타고난 운명.

虎視 호시

호랑이 같이 보라.

動靜 동정

움직임과 고요함.

曉暢 효창

어떤 사물의 이치에 통달하는 것.

靜觀 정관

고요히 살펴 본다.

知止 지지

멈출 줄 알아야 한다.

3언

三無私 삼무사

하늘은 사사로이 덮어주지 아니하며,
땅은 사사로이 실어주지 아니하며,
해와 달은 사사로이 비추지 않는다. (예기)

遊於藝 유어예

학문과 기예를 닦고 익힘. (논어)

柔勝剛 유승강

부드러운 것이 견고한 것을 이긴다. (노자)

毋自欺 무자기

스스로를 속이지 말라. (대학)

隨緣成 수연성

연 따라 이루어 진다. (화엄경)

思無邪 사무사

생각함에 사특함이 없다. (논어)

無伐善 무벌선

나의 착한 일은 자랑하지 않는다. (논어)

平爲福 평위복

평탄하게 균형을 유지하는 것이 복이다.

(장자)

樂出虛 악출허

음악 소리는 무형에서 소리 난다. (장자)

4연

動禮行義 동예행의

움직임의 예와 행동으로의 의가 있다.

御心養安 어심양안

마음을 다스려 평안함을 기른다.

(고전문학)

寵辱爲警 총욕위경

기림을 받거든 욕된 것에서
경계를 더해야 된다. (고사)

海不讓水 해불양수

바다는 강물을 물리치지 않는다. (사자성어)

天壽平格 천수평격

하늘은 평화롭게 바로잡는 사람을
오래 가게 한다. (서경)

救國濟民 구국제민

나라를 구하고 백성을 다스린다.

博施於民 박시어민

백성들에게 널리 은혜를 베풀다. (논어)

觀心證道 관심증도

마음으로 사물을 보면 도가 보인다.

(채근담)

從吾所好 종오소호

내가 좋아하는 바를 따라 살아간다.

(논어)

大壽在德 대수재덕

장수하는 것은 덕을 쌓는데 있다.

(동학경전)

博施濟衆 박시제중

널리 은혜를 베풀어 중생을 구한다. (논어)

心德承命 심덕승명

마음에 덕을 쌓으면 운명도 바꾼다.

(채근담)

禍福相倚 화복상의

좋기만 한 것도 나쁘기만 한 것도 없다.

(노자)

惟德是輔 유덕시보

하늘은 오직 덕 있는 사람을 돕는다.

(서경)

博學篤行 박학독행

널리 배우고 행실을 두텁게 한다.

中正無邪 중정무사

중용의 도리에 맞고 사악함이 없는 것.

(예기)

大象無刑 대상무형

큰 형상은 무형이다. (노자)

見利思義 견리사의

이익을 보면 그것이 의로운 것인가를
생각하라. (논어)

長毋相望 장무상망

오랜 세월이 지나도 서로 잊지 말자.

惟德動天 유덕동천

덕의 힘으로 하늘을 움직인다. (서경)

天才不用 천재불용

재주가 덕을 이길 수 없어 크게
쓰이지 못한다. (공자)

樂行善意 낙행선의

선한 뜻 행하기를 즐겨라. (명심보감)

熟慮斷行 숙려단행

충분히 생각하고 행동 한다.

居仁由義 거인유의

인의 덕을 지키고 의에 좇아 행동하라.

(맹자)

好時不知 호시부지

좋은 때는 알지 못한다.

人生如寄 인생여기

인생은 천지간에 잠시 기우는 것이다.

(도연명)

影上棒打 영상봉타

근거없는 비방은 그림자를 몽둥이로
때리는 것과 같다.

刎頸之交 문경지교

친구 사이에 목을 대신 내줄 수 있는 사이.

(사기)

振於無竟 진어무경

무한한 우주속에 자유롭게 노닐다. (장자)

永浴愛河 영욕애하

사랑의 강에 영원히 멱을 감다. (예기)

白駒過隙 백구과극

인생이란 백마가 달리는 것을 문 틈으로
내다보는 것처럼 삽시간에 지나 간다.

(장자)

損易益難 손이익난

덜어냄은 알기 쉽고 빠르고 보탬은
알기 어렵고 더디다.

神遊象外 신유상외

정신은 상외에서 노닐다.

質先於文 질선어문

내면의 본질이 외면의 형식보다
우선이다.

老生之夢 노생지몽

인생은 덧 없다.

天祥雲集 천상운집

하늘의 상서로움이 구름처럼 모인다.

石壽泉福 석수천복

돌 처럼 오래 살고 샘물처럼 솟아나는
끝없는 복.

萬事如意 만사여의

만사가 뜻대로 이루어 지기를.

(고사성어)

心廣體胖 심광체반

마음이 넓으면 부끄러움이 없다.

知足常樂 지족상락

만족을 알면 항상 즐겁다. (노자)

知足可樂 지족가락

족한줄 알면 즐겁다. (노자)

有生於無 유생어무

무에서 유가 생긴다. (회남자)

樂道忘貧 낙도망빈

도를 즐기고 가난을 개의치 않는다. (회남자)

如鳥數飛 여조삭비

배운 만큼 보인다. (주자)

天作好合 천작호합

하늘이 내린 인연.

諸行無常 제행무상

형태 있는 것은 반드시 소멸 된다. (불경)

香遠益淸 향원익청

꽃의 향기가 멀리 퍼지고 색은 더욱
밝으니 군자의 덕행이 멀리까지
미치는 것과 같다.

無價寶珠 무가보주

값을 매길 수 없을 만큼 무한한
가치를 지닌 보물이나 보석. (불경)

能忍則安 능인즉안

인내할 수 있어야 편안하다.

原始反終 원시반종

근원으로 돌아가서 마침으로
죽고 사는 내력. (주역)

每人悅之 매인열지

사람마다 좋아 한다. (맹자)

文質彬彬 문질빈빈

문질은 같이 아름다워 진다. (논어)

愼終如始 신종여시

끝까지 삼가 하기를 처음 처럼하라.

(사자성어)

唯口基美 유구기미

오직 좋은 것만 추구할 뿐이다.
번다해도 안 되고 간결해도
안되고 어려워도 안되고 쉬워도 안된다.

反約龍船 반약용선

극락정토로 갈 때 타는 배.

勿取以貌 물취이모

사람을 겉모양만 보고 판단하지 말라.

(사기)

滿而不溢 만이불일

가득 차면서도 넘치지 않아야 한다. (효경)

萬祥必臻 만상필진

온갖 상서로운 일이 반드시 온다.

(고문진보)

返性於初 반성어초

인간적인 때가 묻지 않은 천성으로
돌아간다.

全性保眞 전성보진

천성을 올바르게 지니고 진실을 간직한다.

禮義廉恥 예의염치

예절과 의리를 지키고 청념 결백하고
양심에 부끄럽지 않는 것.

比玉聚沙 비옥취사

군자의 만남은 옥과 같아서 서로를
빛나게 밝혀 주지만 소인의 만남은
모래와 같아서 잘 부서진다.

負乘致寇 부승치구

깜양이 못되면서 자리를 차지하고
앉아 재앙을 자초하는 일. (주역)

以德爲本 이덕위본

덕을 근본으로 삼는다. (논어)

萬理在書 만리재서

만 가지 이치가 책 속에 있다.

反哺之孝 반포지효

까마귀가 늙고 병든 어미에게 먹이를
물어다 주는 것. (사자성어)

萬事有時 만사유시

모든 사물에는 때가 있다.

唯道集虛 유도집허

참된 도는 오직 공허 속에 있다. (장자)

愼思篤行 신사독행

신중하게 생각하고 확실하게 행동하라.

(중용)

樂天知命 낙천지명

세상과 인생을 즐겁게 생각하며
천명을 안다. (주역)

與物爲春 여물위춘

일체의 사물을 봄과 같이 따스한
마음으로 포용한다. (장자)

淸則無慾 청측무욕

청렴하면 욕심이 없어 진다. (중경)

物極必反 물극필반

사물은 극에 달하면 반드시 뒤돌아 온다.

(사자성어)

韜光養德 도광양덕

명예를 숨기고 덕을 기른다. (채근담)

羞惡之心 수오지심

불의를 부끄러워하고
악한 것을 미워한다. (맹자)

明德新民 명덕신민

참된 나를 찾아 백성을 이롭게 한다.

被褐懷玉 피갈회옥

거친 옷을 입었으나 속에는 옥을 지녔다.

閒雲野鶴 한운야학

하늘에 한가로운 구름과 들에 노는 학.

(어학사전)

博施於民 박시어민

백성들에게 은혜를 널리 베풀다. (논어)

遂改本師 수개본사

드디어 본사를 개진하다.

5언

如露亦如電 여로역여전

이슬과 같고 번개와 같다. (금강경)

遊無極之野 유무극지야

끝없는 자유의 경지에서 노닐다. (장자)

至公無私親 지공무사친

지극히 공평한 일에는 사사로움이 없다.

(공자)

萬事皆有定 만사개유정

만사는 모두가 일정한 이치가 있다. (공자)

在涅貴不淄 재날귀불치

진흙 속에 처박혀 있어도 물들지 말라.

(시경)

天地卽衾枕 천지즉금침

하늘과 땅이 곧 이불과 베개다. (이백)

德生於卑退 덕생어비퇴

덕은 내 자신은 낮추고
양보한데서 생긴다. (명심보감)

老來無去時 노래무거시

늙음은 한번 오면 갈 줄 모르네. (이육사)

青春留不住 청춘유불주

청춘은 붙들어도 머물지 않네. (허당)

世財非我財 세재비아재

세간의 재물은 잠시 맡아서
보관하는 것이다.

消憂莫若酒 소우막약주

근심을 해소하는 데는 술보다
더한 것이 없다.

行雲難再尋 행운난재심

떠도는 구름은 다시 보기 어렵네. (허당)

道生於安靜 도생어안정

지혜는 고요히 생각하는데서 생긴다.

(명심보감)

德性動天地 덕성동천지

덕성은 천지를 움직인다. (고문진보)

行遠必自爾 행원필자이

먼 곳을 가려면 반드시 가까운
곳 부터 시작해야 한다. (중용)

萬事分己定 만사분기정

모든 일은 분수가 이미 정해져 있다.

(공자)

應作如是觀 응작여시관

잘 관찰하여 살아가는 지혜가 필요하다.

(금강경)

愼言節飮食 신언절음식

말은 삼가고 음식은 절제하라.

6언·7언 이상

德不孤必有隣 덕불고필유린

덕이 높은 사람은 외롭지 않으며
반드시 이해자가 있다. (논어)

道者萬物之奧 도자만물지오

도란 만물의 깊은 곳에 있으니 선하지
않은 사람도 보존하는 것이다. (한비자)

連理枝 比翼鳥 연리지 비익조

부부 사이가 매우 화락함을 비유하는 말.

學然後知不足 학연후지부족

배운 연후에 부족 함을 안다. (예기)

知者莫如福者 지자막여복자

아무리 지략이 뛰어나고 지혜로운
사람이라도 복 받은 사람만 못하다.

無明天地之始 무명천지지시

무명은 천지의 시작이다. (노자)

畏天者其保國 외천자기보국

하늘을 두려워하는 자는
그 나라를 보전 한다.

言忠信行篤敬 언충신행독경

말이 진실하고 신의가 있으며
행실이 성실하고 신중하다. (논어)

天下神器 不可爲也 천하신기 불가위야

천하란 신비한 그릇과 같아서
인위로는 다스릴 수가 없다. (노자)

君子必愼其獨也 군자필신기독야

군자는 사람들 사이에서는 물론
홀로 있을 때에도 도리에 어그러짐이
없도록 몸을 삼가 해야 한다. (대학)

道人胸中水鏡淸 도인흉중수경청

도인의 흉중은 수경처럼 맑다. (소동파)

樂施者樹德之本 락시자수덕지본

베풀기를 좋아하는 것은
덕을 심는 근본이다.

萬物靜觀皆自得 만물정관개자득

우주 만물을 고요히 살펴보면
모두 제분수대로 편안하다.

天與不取 反受其仇 천여불취 반수기구

하늘이 베푸는 것을 받지 않으면
오히려 양화를 입는다. (사기)

繩鋸木斷 水滴石穿 승거목단 수적석천

새끼줄로 톱삼아 쓰면
나무를 끊을 수 있고
물방울도 오래도록 떨어지면
돌을 뚫을 수 있다. (채근담)

政貴有恒辭尚體要 정귀유항사상체요

정치는 일관성이 있는 것이 고귀하고
말은 구체적 간결 함이 고귀하다. (고전)

浴知未來 先察已然 욕지미래 선찰이연

아직 오지 않은 일을 알려거든
먼저 이미 지나간 일을 살필지어다.

(세계일보)

惡鑵若滿　天必誅之 악관약만 천필주지

　나쁜 마음이 만약 가득하다면
　하늘이 반드시 베니라. (명심보감)

人生百歲人 인생백세인
枉作千年計 왕작천년계

　사람은 백년 사는 사람이 없으나
　부질없이 천년의 계획을 세우느니라.

　　　　　　　　　　　　　　　(명심보감)

江山易改　本性難改 강산이개 본성난개

　강산은 바꾸기 쉽지만
　본 성은 고치기 어렵다. (소동파)

見利思義　見危授命 견리사의 견위수명

이익에 직면하면 의를 생각하고
위험에 처해도 자기가
마땅히 해야 할 일이 있을 때
목숨을 내던질 각오를 한다. (세계일보)

樹德務滋除惡務本 수덕무자제악무본

덕을 심을 때는 불어나기를 힘쓰고
악을 제거할 때는 뿌리를 뽑도록 힘쓰라.

無形者物　之大祖也 무형자물 지대조야

이 세상에 형체를 나타낸 것은
원래 무에서 왔으므로
무형은 모든 물건의 근본이다. (회남자)

有陰德者 必有陽報 유음덕자 필유양보

　숨은 덕행을 하는 사람은

　반드시 밝게 보상을 받는다. (회남자)

寄愁天上 埋憂地下 기수천상 매우지하

　모든 근심은 하늘에 맡기고

　모든 걱정은 땅속에 묻어라. (후한서)

老驥伏櫪 志在千里 노기복력 지재천리

　늙은 천리마는 마구간에 있으나

　그 뜻은 천리에 있다. (한자성어)

獨立不懼　遯世無悶 독립불구 돈세무민

홀로 남겨지더라도 두려워하지 말고
세상과 멀리해도 근심하지 말라. (중용)

太剛則折　齒弊舌存 태강즉절 치폐설존

부드러운 것이 단단함을 이긴다.
단단한 이빨이 먼저 빠지고 혀만 남는다.

(노자)

寧塞無低缸 녕색무저항
難塞鼻下橫 난색비하횡

차라리 밑 빠진 항아리는
막을 수 있을지언정
코 아래 가로 놓인 것은
막기 어려우니라. (명심보감)

君子喻於義 군자유어의
小人喻於利 소인유어리

군자는 정의를 밝히어 이해하고
소인은 이익을 표준하여 이해한다.

懲忿如救火 징분여구화
窒慾如防水 질욕여방수

분을 경계하기를 불을 끄듯이 하고
욕심을 막기를 물을 막듯이 하라.

(명심보감)

士志於道而恥
惡衣惡食者未足與議也

사지어도이치 악의악식자미족여의야

선비가 도를 두면서 나쁜 옷과
나쁜 음식을 부끄럽게 하는 삶은
더불어 논의할 사람이 못된다. (한자성어)

癡聾痼瘂家豪富 치농고아가호부
智慧聰明却受貧 지혜총명각수빈

어리석고 귀먹고 고질이 있고
벙어리라도 집안은 호화로운 부자가 있고
지혜롭고 총명한 사람도
도리어 가난함을 받을 수 있다. (명심보감)

浮雲立洞會無累 부운입동회무루
明月當溪不染塵 명월당계불염진

뜬구름은 동리에 들어가도

더럽히지 않고

밝은 달은 시내를 비추어도

티끌에 물들지 않네.

終身行善善猶不足 종신행선선유부족
一日行惡惡自有餘 일일행악악자유여

선행은 종신토록 하여도 모자라고

행악은 하루를 하여도 남는다. (명심보감)

鶴舞千年樹 학무천년수
龜遊萬歲池 구유만세지

  학은 천년된 나무에서 춤추고
  거북은 만 년된 늪에서 자맥질 한다.

生年不滿百 생년불만백
常懷千歲憂 상회천세우

  백년도 못사는 주제에
  천년의 근심을 안고 살아간다. (서문행)

法不阿貴繩不橈曲 법불아귀승불요곡

  법이 귀한 자에 아첨하지 않고
  먹줄은 굽은 것에 휘지 않는다.

無者知獨失笑之意 무자지독실소지의

혼자서 헛웃음을 짓는
내 뜻을 어느 누가 알아주랴. (한자성어)

知足可樂 務貪則憂 지족가락 무빈즉우

넉넉함을 알면 가히 즐거울 것이요
탐욕을 힘쓰면 근심스러우니라.

(명심보감)

大道之行也 대도지행야
天下爲公 천하위공

대도가 운행하는 것은 천하의 공번이다.

(고사성어)

學要無所爲 학요무소위

道在不見聞 도재불견문

배움의 요체는 무소위에 있고
도는 불견문에 있다.

善攝生者以基無死地

선섭생자이기무사지

섭생을 잘하는 사람은
죽음의 땅에 들어지 않는다. (노자)

人無遠慮 必有近憂 인무원려 필유근우

사람의 생각을 원대하게 갖지 아니하면
반드시 멀지 않아 근심이 있느니라. (공자)

有陰德者 必有陽報 유음덕자 필유양보

숨은 덕행을 하는 사람은
반드시 밝은 보상을 받는다. (회남자)

萬事分己定 만사분기정
浮生空自忙 부생공자망

모든 일은 분수가 이미 정해져 있는데도
세상 사람들은 부질없이 스스로 바쁘게 산다.

(회남자)

心安茅屋穩 심안모옥온
性定菜羹香 성정채갱향

마음이 편안하면 초가집도 편안하고
성품이 안정되면 나물 국도 향기롭다.

如露亦如電 여로역여전
應作如是觀 응작여시관

인생은 아침 이슬과 같고 번개와 같다.

이를 잘 관찰하여 사는 지혜가 필요하다.

(금강경)

物順來而勿拒 물순래이물거
物既去而勿追 물기거이물추

사물이 온순으로 오면 막지 말고

사물이 이미 떠났으면 쫓아가지 말라.

(명심보감)

景像探無厭 경상탐무염
雲霞喫有餘 운하끽유여

　경치의 형상은 탐욕을 내어도
　싫어하는 이 없고
　구름 은하는 만끽하여도 남음이 있네.

自在白雲間 자재백운간
從來非買山 종래비매산

　흰 구름 자유로이 한가롭거니
　어찌 구태여 돈으로 산을 살 것인가?

學要無所爲 학요무소위
道在不見聞 도재불견문

　배움에 요체는 무 소위에 있고
　도는 불견문에 있다.

相識滿千下 상식만천하
知心能幾人 지심능기인

서로 얼굴을 아는 사람은 온세상에 가득하나
마음을 아는 사람은 몇이나 되나.

(명심보감)

大明無私照 대명무사조
至公無私親 지공무사친

밝은 해는 그 빛을 사사로이
비추는 일이 없고
지극히 공평한 일에는
사사로움이 없다. (고문진보)

道心靜似山藏玉 도심정사산장옥

書味淸如水養漁 서미청여수양어

도를 닦는 마음은 옥을 감춘

산과 같이 조용하고

글 읽는 맛은 고기를 맑은 물에

기르는 것과 같다.

懲忿如救火 징분여구화

窒慾如防水 질욕여방수

분을 경계하기를 불을 끄듯하고

욕심을 막기를 물을 막듯이 하라. (근사옥)

无故而得千金 무고이득천금
不有大福 必有大禍 부유대복 필유대화

　까닭 없이 천금을 얻으면 큰 복이 있는 것이
아니라 반드시 큰 재앙이 있느니라.

青山不墨萬古屛 청산불묵만고병
流水無絃千年琴 유수무현천년금

　푸른 산은 그리지 않은 만고의 병풍이요
흐르는 물은 줄이 없는 천년의 거문고라.

白雲勸盡盃中物 백운권진배중물
明月相隨何處眠 명월상수하처면

　흰 구름이 권하노니 술잔 속에 사물이고
밝은 달이 서로 따르나니 어디서 잠을 잘까.

(당시전서)

老小長幼天分秩序 노소장유천분질서
不可悖理而道傷也 불가패리이도상야

　늙은이와 젊은이 어른과 어린이로
　나누어지는 것은 타고난 질서 과정 차례고
　도리다 이를 바른 도리로 여겨
　도덕을 손상하지 말라. (명심보감)

人間私語天聽若雷 인간사어천청약뢰
暗室欺心神目如電 암실기심신목여전

　사람 사이에 사사로운 말이라도
　하늘이 듣는 것은 우레와 같고
　어두운 방에서 마음을 속이더라도
　귀신의 눈에는 번개와 같다. (명심보감)

過去事明如鏡 과거사명여경
未來事暗似漆 미래사암사칠

지난일은 밝기가 거울과 같고
미래의 일은 어둡기가 칠흑과 같다.

此身不向今生度 차선불향금생도
更待何生度此身 경대하생도차신

이몸이 이 생에 태어나
법도를 향하지 아니하면
다시 어느 생애 기다려 이 몸을 법 받으랴.

逍遙一世之上 소요일세지상
睥睨天地之間 비예천지지간

세상을 노닐며 천지를 곁눈질 한다. (장자)

桐千年老恒藏曲 동천년노항장곡
梅一生寒不賣香 매일생한불매향

거문고는 천년을 지나도

항상 곡조를 감추고

매화는 일생동안 추워도

향기를 팔지 않는다.

人義盡從貧處斷 인의진종빈처단
世情便向有錢家 세정편향유전가

사람의 의리는

다 가난한데서부터 끊어지고

세상의 인정은

곧 돈 있는 집으로 향하느니라. (명심보감)

春風大雅能容物 춘풍대아능용물
秋水文章不染塵 추수문장불염진

봄바람 같은 아량은

능히 남을 용서하고

가을 물과 같은 문장은

티끌에 물들지 않는다.

春風好居無留意 춘풍호거무유의
久在人間學是非 구재인간학시비

봄바람아 잘 가거라 붙들 생각 없나니

인간에 오래 머물면 시비를 배우느니라.

仰不愧於天 앙불괴어천
俯不怍於人 부불작어인

고개를 들어 하늘을 우러러 부끄럼이 없고
고개를 내려 사람에게도 부끄럼이 없는 사람.

(고전)

天主造化之迹 천주조화지적
照然子天下也 조연자천하야

하늘님의 조화의 자취가
지상천하에 밝게 드러남.

外在的歲數歲月來定 외재적세수세월래정
心理的歲數自我來定 심리적세수자아래정

외형적 나이는 세월이 정하지만
심리적 나이는 자기 자신이 정한다.

學而不思則亡 학이불사즉망
思而不學則殆 사이불학즉태

배우고 생각하지 아니하면 잃어버리고
생각해서 배우지 아니하면 나의 태만이다.

(논어)

貧居鬧市無相識 빈거뇨시무상식
富住深山有遠親 부주심산유원친

가난하면 번화한 시장에 살아도
서로 아는 사람이 없고
넉넉하면 깊은 산속에 살아도
찾아오는 친구가 있다. (명심보감)

山不在高有仙則名 산불재고유선즉명
水不在深有龍則靈 수불재심유용즉령

산이 높지 아니하더라도

신선이 있으면 명산이고

물이 깊지 아니하더라도

용이 있으면 영수라 한다.

海枯終見低 해고종견저
人死不知心 인사불지심

바다가 마르면 마침내 바닥을 볼 수 있으나

사람은 죽어도 그 마음을 알지 못한다.

靜觀世事　笑對人生 정관세사 소대인생

세사를 정관하여 인생을 마주 한다.

一切有爲法 일체유위법
如夢幻泡影 여몽환포영

몸이나 생명이나 형체 있는 모든 것은
꿈같고 환상 같고 물거품 같으며
그림자 같은 것이다. (금강경)

盛年不重來 성년불중래
一日難再晨 일일난재신

젊은 시절은 다시 오지 않고
하루에 벽은 두번 다시 오지 않는다.

兵者養之百年用之一
병자양지백년용지일

군사는 하루를 위하여 백 년 동안
양성해 오는 것이다.

平生營事至今畢 평생영사지금필
身在三韓名萬國 신재삼한명만국

평생 경영하신 일 이제 끝났소

대장부라 할 수 있지요

그대는 천년 두고 사시리이라.

(원세계가 안중근에게 쓴시)

筆慘造化 學究天人 필참조화 학구천인

문필은 만물의 조화와 함께

움직이듯이 약동하고

학문은 하늘과 인간의 원리를

모두 추구 한다.

克己以勤儉爲先 극기이근검위선
愛衆以謙和爲首 애중이겸화위수

자기를 극복하는 것은
근검을 우선할 것이며
사람을 사랑하는 것은
겸손과 평화함을 첫째로 한다. (명심보감)

酒食兄弟千個有 주식형제천개유
急難之朋一個無 급난지붕일개무

술 마시고 밥먹을 때
형 동생하는 사람은 얼마든지 있지만
위급하고 어려울 때
도와주는 친구는 하나도 없다. (명심보감)

貧居鬧市無相識 빈거료시무상식
富住深山有遠親 부주심산유원친

　가난하면 번화한 시장에 살아도
　서로 아는 사람이 없고
　넉넉하면 깊은 산속에 살아도
　먼데서 찾아오는 친구가 있다.

死後千秋萬歲之名 사후천추만세지명
不如生時濁酒一杯 불여생시탁주일배

　죽은 후에 만세까지 이름이 전해지는 것보다
　살아 생전에 탁주 한 잔만 못하다.

(이규보)

口是傷人斧 구시상인부
言是割舌刀 언시할설도
閉口深藏舌 폐구심장설
安身處處牢 안신처처뢰

입은 사람을 상하게는 도끼요

말은 혀를 베는 칼이니

입 막고 혀를 깊이 감추면

몸을 편하게 하여 곳곳마다 든든하다.

(명심보감)

短綆不可似汲深 단경불가이급심
器小不可以盛大 기소불가이성대

짧은 두레박으로 깊은 물을 푸지 못하고

작은 그릇으로는 많이 담지 못한다.

(회남자)

맹자의 고자장
(孟子의 告子章)

天將降大任於斯人也
천장강대임어사인야

　　하늘이 장차 그 사람에게
　　큰일을 맡기려고 하면

必先勞其心志 필선노기심지

　　반드시 먼저 그 마음과 뜻을 괴롭게 하고

苦其筋骨 고기근골

　　근육과 뼈를 깎는 고통을 주고

俄其體膚 아기체부

　　몸을 굶주리게 하고

窮乏其身行 궁핍기신행

　그 생활을 빈곤에 빠뜨리고

拂亂其所爲 불란기소위

　하는 일마다 어지럽게 한다.

是故動心忍性 시고동심인성

　그 이유는 마음을 흔들어
　참을성을 기르기 위함이며

增益其所不能 증익기소불능

　지금까지 할 수 없었던 일을 할 수 있게
　하기 위함이라.

예당 **지영호** 禮堂 池榮浩

- 독도를 한국령으로 지적 고시
- 한국장애인역도연맹 설립자
- 한국 최초 희유금속광 정립
- 한국자원 대표
- 저서 : 백두산과 천지(시집)
         예당지영호 팔순전(도록)

경기도 과천시 별양상가로 7,
벽산상가 512-2호 한국자원
Mobile : 010-3899-8229

삶을 말하다 (명언집)

2025年 11月 20日 인쇄
2025年 11月 30日 발행

저자 ㅣ 지 영 호

발행처 ㈜이화문화출판사

발행인 이 홍 연·이 선 화

등록번호 제300-2015-92

주소 서울시 종로구 인사동길 12, 대일빌딩 3층 310호

전화 02-732-7091~3 (도서 주문처)

FAX 02-725-5153

홈페이지 www.makebook.net

값 10,000원